AF296366

HYMNES PROFANES

ACHILLE SEGARD

Hymnes Profanes

PARIS

BIBLIOTHÈQUE DE LA PLUME

31, rue Bonaparte, 31

1894

Il a été tiré de cet ouvrage :

*12 exemplaires sur papier impérial du Japon
et 350 exemplaires sur simili-Hollande, tous
numérotés à la presse.*

EXEMPLAIRE N°............................

A M. Henri Becque.

Ce cœur mort, le voilà qui renaît de ses cendres,
Et qui reprend confiance en lui-même, et repart
Vers des espoirs lointains, sans halte ni retard,
Parce que deux yeux noirs se sont faits doux et tendres.

Pourtant j'avais juré de n'aimer jamais plus !
Drapé dans mon orgueil comme dans un suaire,
Je m'étais étendu sur mon lit mortuaire
Et me laissais mourir comme un vieillard perclus.

Mais voici qu'ont éclos le soleil et les fleurs !
Les doux pommiers sont blancs comme des épousées, —
Et le bois mort lui-même a d'étranges poussées,
Voici le renouveau des viriles ardeurs !

Réveille-toi, mon cœur, surgis comme Lazare !
Dans ce tombeau glacé tu n'étais qu'endormi,
Lève-toi ! Lève-toi ! et vibre encor parmi
Les baisers du soleil éclatant en fanfare !

I

C'était la nuit où vous portiez
cette tunique blanche en tissu de Séerique
sur laquelle vos cheveux blonds pendaient
liés par un seul fil de perles.

E.-M. DE VOGÜÉ.

pour Paul Rogez.

*Tu m'apparus un soir de la jeune saison
Où le vieux parc semblait peuplé d'âmes errantes,
Quand le dernier soupir des frêles fleurs mourantes
Semblait se perdre en une lente pâmoison.*

*La Nuit se faisait femme odorante et féline,
Exhalant un parfum capiteux si troublant
Que mon âme étonnée et que mon cœur tremblant
Attendaient vaguement ton étreinte câline.*

Il flottait dans les airs trop d'amour inutile,
Tout mon être tendait vers toi, vers ton baiser,
Et l'haleine du vent caressante et subtile
Annonçait ta présence au cœur inapaisé.

Parceque tu venais à ton jour, à ton heure,
De lui-même mon cœur s'est élancé vers toi,
C'est pour toi désormais que je sourie — ou pleure —
Mais la Nuit est complice et témoigne pour moi !

CHANSON

Pour M. Peyot.

POURQUOI ces regards prometteurs
Et ces frôlements tentateurs
    Et ce sourire,
Puisque vous ne projetiez rien
Que de me perdre corps et bien
    Et puis d'en rire ?

Pourquoi ne m'avez-vous pas dit
Lorsque vos yeux m'ont étourdi
    De leur caresse
Que vous resteriez sans pitiés
Et que vous m'abandonneriez
    Dans ma détresse ?

Heureux si j'avais résisté
Et fui loin de votre beauté
        Enchanteresse,
Mais j'ignorais tout le pouvoir
Fascinateur de votre œil noir
        Et ma faiblesse !

Oui vous m'avez ensorcelé,
Et mon pauvre cœur affolé
        Se désespère
De se voir si vite isolé
Quand un mot aurait consolé
        Sa peine amère.

Que n'ai-je pu vous imposer
Mon amour vibrant, mon baiser
        Et ma folie !
Sous les astres d'or clair-semés
Nous nous serions peut-être aimés
        Toute la vie.

Et maintenant tout est perdu
Car c'est un autre que j'ai vu
        Aimer et plaire
Et je vais sangloter ailleurs
Mais très loin de vos yeux railleurs
        Dans la nuit claire !

Quand tu chantais, Manon, l'amour de des Grieux
Et que me subjuguait ta vision bénie,
Tu ne pouvais savoir quelle amour infinie
Feraient naître en mon cœur tes chants harmonieux.

Or ta voix chante encore en mon âme ravie,
Et rien n'a pu chasser ton profil de mes yeux,
Mon rêve est de baiser tes fins cheveux soyeux
Et de pouvoir, Manon, te consacrer ma vie !

Mais pourquoi vous conter mon amour insensée ?
Tant d'autres de ces mots vous ont déjà lassée
Que vous ne croyez plus à mes tendres serments,

Et je souffre parfois d'indicibles tourments
De vous croire, à vingt ans, l'âme déjà blasée
De ces rêves charmants où flotte ma pensée !...

Vos yeux sont une émeraude filagrammée,
Ils en ont la clarté vague et la transparence
Et même cette douceur inaccoutumée
Où flotte comme une lointaine remembrance.

Vos yeux ont la limpidité de l'eau dormante
Où les hauts peupliers et le ciel bleu se mirent,
Il s'y traîne parfois une langueur tremblante
Et nul ne vous comprend de ceux qui les admirent,

Sauf peut-être celui qui, sur vos cils radieux,
Un soir a vu perler une larme éphémère
Laissant errer, Madame, éparse dans vos yeux
Une âme de poète exilé sur la terre.

CHANSON

En souvenir de ma visite,
Avec un sourire moqueur,
Vous m'avez donné cette fleur
Et j'effeuille la marguerite...
Le dernier pétale envolé
Me répond d'un air désolé.

Donc ce n'est qu'un jeu de volage
Que vous jouez avec mon cœur,
Et moi qui chantais de bonheur
Et qui me donnais sans partage !
Ah ! cœur faux, méchant et cruel,
Qui reste sourd à mon appel !

Aurez-vous le triste courage
De me laisser à vos genoux
Sans que jamais un mot de vous
Me soutienne ou m'encourage,
Et mon hymne à votre beauté
Restera-t-il inécouté ?

Ah ! je sens bien que c'est un autre
Que vous osez me préférer,
Mais c'est par trop me torturer,
Je veux savoir quel est cet autre ;
Et je vous en fais le serment,
Demain je tuerai votre amant !

Vous céderez alors peut-être,
Mais si vous vouliez résister
Je vous tuerais sans m'arrêter,
Il faut mourir ou vous soumettre.
Si je suis fou ? Je n'en sais rien
Mais je vous veux — et vous veux bien !

II

C'était le jour béni de ton premier baiser.

STÉPHANE MALLARMÉ.

Pour Edmond Hermance.

Sur le chemin où devant moi
Miroitent des rayons de lune,
Je marche sans savoir pourquoi
Et n'importe où dans la nuit brune.

Cette nuit me trouble et m'attire,
Je vais rêvant sous le ciel noir
Et comme une corde de lyre
Mon âme vibre au vent du soir !

Loin du monde tumultueux
Comme une clameur éperdue
Je chante des vers amoureux
Qui vont se perdre dans la nue,

Et j'entends haleter la brise
Qui dans un long frémissement
Etreint les arbres et se grise
De son propre chuchotement.

Impalpable et tiède baiser,
Caresse anonyme et troublante
Qui dans le feuillage froissé
Fais chanter une âme tremblante,

Lorsque tu fais vibrer mon âme,
Aux bras d'un invisible amant
La Terre ivre d'amour se pâme
Et j'aime ! J'aime ! Follement !

Pour K. Michel.

JE l'aime ! autour de moi la nature est plus belle,
Les cieux sont plus profonds, les oiseaux plus joyeux,
Et dans le ciel de pourpre un coin bleu me rappelle
Les longs regards venus de ses chastes yeux bleus.

Pourtant le Devoir veut que je m'éloigne d'elle,
C'est à moi de garder notre honneur à tous deux,
Mais j'ai le cœur blessé d'une douleur mortelle
Et je ne verrai plus briller de jours heureux.

O Muse ! c'est à toi que je voûrai ma vie,
Console de tes chants ma pauvre âme affaiblie
Par de trop longs combats contre un amour vainqueur,

Sois ma consolatrice, ô Muse enchanteresse,
Ne m'abandonne pas à ma propre faiblesse
Car je ne pourrais plus faire taire mon cœur !

O Reine qui parais une déesse antique
En la simplicité fière de sa Beauté,
Toi qui tiens sous ton joug tout un peuple dompté
Et sembles en exil des temples de l'Attique,

Que t'importent mes vers montant comme un cantique
Vers ton inaccessible et froide déité ?
Ton corps évocateur de folle volupté
Est un marbre impassible et toujours extatique !

Ton profil est celui de Pallas Athéné,
Et ton regard se perd dans un rêve obstiné
Tandis que pour te plaîre on se ruine — on se tue.

Pourtant l'éphèbe brun que glace ton accueil
Demeure ton esclave et borne son orgueil
Au stérile plaisir d'étreindre une statue !

In amore fortitudo

A Madame Paul Lorillon.

Droites, quand la tempête entonne sa fanfare,
Quand la vague bondit sous le fouet du vent,
Les femmes de pêcheur devant la mer barbare
Jettent à Dieu l'appel douloureux et fervent.

Debout quand la tourmente affreuse les effare,
Les pieds rivés au sol, ces Bretonnes souvent
Viennent ainsi guetter les feux changeants du phare
En implorant du ciel le retour de l'absent.

C'est alors que perdus sur la mer en furie
Les Bretons en danger songent à leur patrie
Et s'imaginent voir Celle qui les attend.

Ils savent qu'elle prie en ces minutes même
Et que, si loin qu'ils soient, à ce moment suprême,
Leurs prières toujours s'unissent un instant !

HYMNE TRIOMPHAL

Pour André Paisant.

VIBREZ terres et cieux et toi flambe, Soleil !
Que des trompettes d'or dans le matin vermeil
Sonnent à tout venant nos jeunes accordailles,
Et Vous, les amoureux, chantez vos fiançailles,
Dans la mâle splendeur de juillet radieux
Qu'un hymne triomphal escalade les cieux !
Que crèvent les bourgeons, qu'éclate la ramée,
Puisqu'aujourd'hui se donne à moi ma bien-aimée !

Que m'importe le reste et tous mes ennemis ?
Elle est à moi ! Voilà que mes anciens amis
Ne me connaissent plus et détournent la tête,
Qu'importe ! elle est à moi ! et ce m'est une fête
Que lui sacrifier ce que j'aimais le mieux !
Qu'ils se montrent pour moi méchants et envieux,
Je leur pardonne dans ma splendide allégresse :
Mon cœur est tout amour et chante sa maîtresse !

Viens à moi, mon aimée, un regard de tes yeux
Rend ma chanson hardie et mon chemin joyeux,
Viens ! et je briserai qui te heurte ou te blesse,
Viens à moi, bannissons au loin toute tristesse,
Toi seule es mon bonheur et mon suprême bien,
Je te donne mon cœur et ne redoute rien :
Quoi qu'il doive advenir, qu'on me loue ou me blâme,
Un joyeux chant d'amour chantera dans mon âme !

III

Je regardai Lucie. — Elle était pâle et blonde
Jamais deux yeux plus doux n'ont du ciel le plus pur
Sondé la profondeur et réfléchi l'azur.

ALFRED DE MUSSET.

Aubade a l'Étoile

Pour Paul Degon.

Déja la nuit étend son voile
Sur les derniers restes du jour,
Et devant la première étoile
Je chante ma chanson d'amour.

C'est à toi que je me confie
Astre du soir silencieux,
Clou d'or de la voûte infinie
Etoile qui ravis mes yeux !

C'est toi qui parfois nous éclaire
Quand nous nous promenons sans bruit
En cet instant crépusculaire
Qui n'est plus jour et n'est pas nuit,

Tu sembles sourire à la joie
Qui déborde à flots de mon cœur,
Brille encore que je te voie
Poindre au ciel noir comme une fleur !

C'est toi qui fais une auréole
D'un rayon de pure clarté
Avec la moindre boucle folle
Flottante dans l'obscurité,

Et quand la volupté divine
Nous met des larmes dans les yeux,
Ta blancheur en paraît plus fine
Et plus douce dans les grands cieux !

Tu t'es même parfois voilée
Pour nous laisser plus seuls encor
Dans notre divine envolée
Vers des régions d'azur et d'or,

Et c'est pourquoi je t'ai bénie
Etincelle qui brille aux cieux
Et qui m'est toujours une amie
Vers qui je puis lever les yeux !

Dans son boudoir tendu de blanc ma bien-aimée
Rayonnait de beauté, de jeunesse et d'amour,
Toute la chambre était de roses parfumée
Et de grands stores bleus teintaient le demi-jour.

Dans l'âtre par instants pétillait la ramée,
Et la flamme, vivante et morte tour à tour,
Illuminant les riens dont sa chambre est semée
Donnait comme un aspect de fête à mon retour.

Elle me regardait longuement sans mot dire,
Mais je comprenais bien son éloquent sourire,
Et quand elle posa sur mes lèvres d'amant

Avec sa bouche en fleur mystérieuse et lente
Un long baiser scellé d'une larme brûlante...
J'aurais voulu mourir pour elle à ce moment !

POUR LA COQUETTE
QUI NE SOURIT QU'A SON MIROIR

à M. Balthasar — Florence.

DANS le demi-jour incertain,
Près de votre lit qui m'attire,
J'étais venu de grand matin
Guetter votre premier sourire.

J'avais serti pour vous complaire
Un madrigal aventureux
Et dans l'ombre crépusculaire
Rangé des lilas vaporeux.

De crainte qu'un rais de soleil
Jouant dans votre chevelure
Ne vînt troubler votre sommeil,
J'avais clos rideaux et tenture,

Et j'attendais patiemment
Mais — j'avoue — avec confiance
Le joli sourire indolent
Qui me serait la récompense.

— Or votre réveil fut morose !
Vous prîtes un air dépité
(cela tient à si peu de chose)
De mon humble assiduité,

Et vous me fîtes grise mine,
Malgré ma bonne volonté,
A moi pauvre qui n'incrimine
Même pas votre cruauté !

Pourtant en dernier espoir,
— Car vous êtes toujours exquise
Même aux heures de mine grise —
Je vous tendis un clair miroir,

Et c'est pour vous seule à vrai dire
Que votre minois ennuyé
S'illumina d'un clair sourire...
— Ce dont je fus humilié.

Lorsque je vous ai rencontrée
Nous étions tous deux des enfants,
Je vous ai pourtant adorée
De tout le feu de mes vingt ans.

Gentîment, d'un regard vainqueur
(Je n'incrimïme ni n'accuse)
Vous avez captivé mon cœur
Sans que j'aie éventé la ruse ;

Puis vous vous êtes éloignée...
J'ai cru mourir de désespoir
Et vers vous toujours ma pensée
Voguait dans les brumes du soir !

Or dans mes rêves bien souvent
J'ai chargé la brise légère
D'être l'écho de mon tourment,
Mais cette triste messagère

L'avez-vous quelquefois comprise ?
Et quand vous entendiez tout bas
Les gémissements de la bise,
— Ton cœur ne m'oubliait-il pas ?

IV

Te souvient-il de notre extase ancienne
— Pourquoi voulez-vous donc qu'il m'en souvienne ?

PAUL VERLAINE.

Séparation

Tu m'avais dit : « Voici que le Soleil se lève !
  « Approche, mon jeune amoureux,
« Viens et nous voguerons vers la cité du Rêve,
  « Nous serons seuls en étant deux.

« La route est par trop dure à qui va solitaire
  « Enfant, puisque tu souffriras,
« Il faut pour essuyer tes pleurs une main chère
  « Et c'est moi que tu chériras. »

Où donc est à présent ton ancienne promesse ?
  Réponds, que fais-tu maintenant ?
Ah ! femme, qu'as-tu fait de ma pauvre jeunesse
  Et de mon cœur qui t'aimait tant !

Me voilà bien plus seul qu'avant de te connaître,
Ma chambre est morte, tout est mort,
Et je suis là le front collé sur ma fenêtre
Malgré tout espérant encor !

Ah ! si tu revenais ! ce serait la patrie
Revue après les jours d'exils,
Ce serait l'arc-en-ciel après l'averse enfuie,
Le port après tous les périls !

Mais non, ne reviens pas dans la pauvre chambrette
Où tu promettais de m'aimer,
Parjure et mauvais cœur, cœur sec, cœur de coquette,
Tu rirais de me voir pleurer !

POUR perdre ton souvenir
J'ai pris nouvelle maîtresse,
Elle était belle à ravir
Et peut-être m'aimait-elle...

C'est toi que j'aimais en elle !

Le vin pouvait me guérir ;
Pour perdre ton souvenir
J'ai sollicité l'ivresse,
En mon lourd sommeil épais

C'est toi qui m'apparaissais !

En la fleur de ma jeunesse
Alors je voudrais mourir,
Pour perdre ton souvenir,
Mais je suis sûr — tant je t'aime —

De t'aimer dans la mort même !

C'est en vain que j'ai lutté,
Je suis ta propriété,
Cœur et tête, corps et âme,
Fantoche dont tu riras,
Me voici ta chose — ô femme —

Et fais ce que tu voudras !

Sɪ j'ai trop aimé celle qui me peine
O mon Dieu ! pourquoi m'avez-Vous maudit ?
Quand vous étiez homme avez-vous pas dit
Que vous pardonniez à la Madeleine !

Seigneur, pardon si je suis criminel,
Si je souffre trop et si je blasphème,
Mais me voilà seul, Seigneur, et je l'aime
Plus que votre terre et que votre ciel !

Ah ! je m'humilie et demande grâce,
Pour ce seul amour je suis trop puni !
Mais de vos regards si j'étais banni,
Que voudriez-Vous, Seigneur, que je fasse ?

Ne me traitez point comme un révolté,
Mais souvenez-Vous que je suis un homme
Dont l'amour funeste est votre œuvre en somme,
Puisqu'on aime par votre volonté !

Seule, sans appui, mon âme chancelle
Et si vous veniez à m'abandonner,
J'irais me tuer, j'irais me damner
Seigneur ! voulez-vous ma mort éternelle ?

Faites que j'oublie ou rendez la moi !
Car le Désespoir guette d'heure en heure
Dans ces profondeurs où je hurle et pleure
Ce cœur affolé de doute et d'effroi !

J'ÉTAIS malade et seul, ô l'amère tristesse
Que de se sentir seul quand on souffre — ô détresse
Lorsque rien ne répond à votre appel aigu
Et qu'on pourrait mourir sans qu'on s'en aperçût !

J'étais malade et j'étais seul : Elle est venue !
Et mon cœur a bondi d'allégresse à sa vue,
La peine, la douleur, tout s'est évanoui,
Vers Elle je tendais les bras, comme ébloui !

Douce et cherchant des mots pour se faire plus douce,
Sur le bord de mon lit, lentement, sans secousse,
Voici qu'elle s'accoude et cause de jadis
Comme une bonne mère au chevet de son fils.

Moi je ne puis causer par crainte de la fièvre !
Avec douceur son doigt se pose sur ma lèvre,
Et, ma main dans sa main, je dois tout écouter
Sans souffler mot de peur de la mécontenter !

Parfois elle me tend les roses de septembre
Dont le parfum subtil emplit toute la chambre,
Enfin me clôt les yeux d'un baiser — puis revient
Veiller sur mon sommeil comme un ange gardien......

O Toi qui m'aimais tant lorsque la maladie
Me retenait cloué sur un lit de tourment,
Pourquoi m'as-tu quitté quand, vibrant d'énergie,
J'aurais pu te payer de tout ton dévoûment !

Je ne distingue plus l'ange ou la courtisane,
Et mon cœur a perdu jusqu'à la volonté
De chercher sous le masque un peu de vérité ;
Je ne distingue plus l'ange ou la courtisane.

J'accueille avec douceur Celles que Dieu m'envoie
Et la Passante ici peut se réfugier ;
Sans leur rien demander, sans leur rien confier,
J'accueille avec douceur Celles que Dieu m'envoie.

Je m'offre à tout le monde et ne suis à personne,
Tout idéal est mort, tout espoir envolé,
Et depuis son départ, seul et comme affolé
Je m'offre à tout le monde et ne suis à personne.

Ne me demande plus le nom de mes maîtresses,
Depuis le jour fatal où je fus délaissé
Je veux tout ignorer de ce qui s'est passé :
Ne me demande plus le nom de mes maîtresses !

V

La nuit monte, belle et sombre comme un désir...
La Nuit pâle et fière comme une Nonne royale.

ADOLPHE RETTÉ.

NOTRE DAME LA NUIT

à M. Noël Bazan.

C'ÉTAIT l'Heure crépusculaire
Où le couchant fauve s'éclaire
Comme un vitrail et vibre encor
D'un flamboiement de pourpre et d'or.

Une frêle brise attiédie
Frôlait la nature engourdie
Et berçait amoureusement
Son mol évanouissement,

Tout semblait rêver, et moi-même
Perdu dans cette ombre que j'aime,
Je laissais mon rêve alangui
Flotter épars dans l'infini,

Quand dans le solennel silence
Où sommeillait mon indolence,
Pour son poète doux et fier
La Nuit aussi s'est faite chair :

Lentement m'est apparue
Cette Madone inconnue,
Elle émergeait au lointain
D'un paradis incertain,

L'ombre drapait autour d'Elle
Des nuages de dentelle,
Une neigeuse clarté
Divinisait sa beauté,

Et, Vierge en tunique aubale
Rayonnante dans l'air pâle
De mes rêves surhumains :
— Elle me tendait les mains.

Invocation

à M. Edmond Picard.

O Nuit, Vierge pâle aux yeux caressants,
O Nuit cajôleuse, ô nuit d'indolence,
Vierge d'amour pur, ange du silence,
Puissent mes vers, monter vers toi, comme un encens !

Dieu qui te fit hautaine et sombre Majesté,
Te couronna le front de splendeur triomphale,
Sema d'abeilles d'or ta robe impériale
Et répandit sur toi sa mystique clarté,

Mais il te fit aussi maternelle maîtresse,
Il te fit caressante et te donna pouvoir
De bercer dans les plis de ton long manteau noir
Les poètes perdus qui clament leur détresse !

Ils viennent sangloter dans ton sein maternel
Comme un enfant blotti dans les bras de sa mère,
Et seule tu comprends ce qui les désespère,
Et tu glisses en eux ton repos éternel.

Tu connais les secrets qui guérissent leurs cœurs,
Ton calme s'insinue en eux et les console,
Et toujours indulgente et sans vaine parole
Tu dorlotes leur âme et tu sèches leurs pleurs.

O Nuit ! molle endormeuse au front ceint de pavots,
C'est toi la Vierge calme et la pure Madone,
Les pleurs de tes amants emperlent ta couronne
Et tous les malheureux demeurent tes dévots !

Crépuscule emmi les ruines

pour Jules Prangey.

Comme une neige irréelle,
Comme une manne de choix,
Le silence s'amoncelle
Sur le cloître d'autrefois,

Et les ruines de la crypte,
Les ogives, les arceaux
Gisent... tels des sphinx d'Egypte
Accroupis sur des tombeaux.

Lentement le crépuscule
· Etrange s'appesantit,
Il se glisse, rampe, ondule
En ce calme qui grandit,

Et je rêve que ruisselle
Des balustrades d'or fin
Le mystérieux et frêle
Prélude de Lohengrin !

Feux follets

à *M. Georges Rodenbach.*

Sur l'eau morne où passaient des frémissements d'aile
La lune répandait ses rayons attristés
Et dans les bruits épars que la nuit entremêle
Pleuraient confusément les roseaux agités.

On se croyait frôlé par des âmes en peine,
La Nuit livide avait de longs frissons glacés,
Et pareil à celui des mornes trépassés
Le vol des feux follets palpitait dans la plaine.

Ah ! spectres oubliés de nos amours défunts,
Cruels évocateurs des lointaines années,
Fantômes de nos maîtresses abandonnées !

Fugitives blancheurs, feux follets importuns,
Quand vous disparaissez dans les nuits embrumées,
Il y pleure des voix que nous avons aimées !

Mélopée

Pour Edmond Haux.

Seul toujours ! et bercé par le bruissement
Du feuillage froissé par un souffle de vent
Qui passe aérien et doux comme un murmure
        Ensommeillé de la nature.

Les calices brillants d'or, de soie ou de moire
Entr'ouverts tout à l'heure au chaud soleil d'été
Se sont clos doucement quand avec la nuit noire
        Apparut le disque argenté,

Et poursuivant sa course autour dc l'horizon,
La lune radieuse aux tapis de gazon
Jette à flots ses rayons qui font de la prairie
      Comme un tapis d'orfèvrerie ;

Puis sur les toits d'ardoise où les rayons ruissellent,
Là-bas dans le lointain des reflets étincellent
Qui donnent l'illusion d'un long givre idéal
      Résistant même à Floréal !

Mais tandis qu'au hasard mon rêve s'évapore,
La Nuit se fait plus claire et se lève l'Aurore,
Et je fuis le soleil flambant à l'horizon
Pour m'attarder à l'ombre et pleurer ma chanson.

VI

Le passé c'est un cher enseveli qu'on pleure.

GEORGES RODENBACH.

Après trois mois

L'ESCARPOLETTE pend meurtrie et lamentable,
Le sol noir est jonché de feuilles, de débris
Et tout a pris un air de tristesse ineffable
Depuis que tu n'es plus la Reine du logis.

Te souvient-il parfois de nos joies enfantines,
Quand nous quittions Paris fiévreux et enflammé
Pour retrouver nos dahlias et nos glycines
Et ce coin de campagne où l'on pouvait aimer !

Aujourd'hui j'étais seul et l'hiver est venu,
Les dahlias sont morts et mortes les glycines,
Mort aussi ton amour qu'à peine j'ai connu
Et le vent pleure dans les branches orphelines !

J'ai vu les volets clos, les arbres dénudés,
Plus rien ! Plus un oiseau qui rompe le silence,
Et sur la grille, un écriteau, qui se balance,
Narquoise une épitaphe aux amours décédés.

Ne te souvient-il plus de la petite table
Transportée en riant sous le feuillage épais ?
Nous n'avions qu'une assiette et qu'un verre, j'aimais
Les raisins égrenés sur ta bouche adorable....

Sous la verte tonnelle où nous étions tapis,
Je te voulais toujours parer de roses blanches,
Et j'en allais cueillir par brassées et les branches
Faisaient autour de nous comme un épais tapis.

Mais toi, tu me tressais des couronnes de chêne,
Et j'évoquais Sardanapale ! ou pour un rien
Quelquefois nous partions de rire à perdre haleine
Et l'on était heureux parce qu'on s'aimait bien !

Or la tonnelle est là flétrie, abandonnée
Et plus ne chanteront les oiseaux alentour,
Les dahlias sont morts, la glycine est fanée,
Et plus ne fleurira notre si bel amour !

Insensé ! J'avais cru que dureraient toujours
Notre petit ménage et nos grandes amours,
Mais, l'hiver, les oiseaux s'enfuient à tire d'ailes
Et tu t'en es allée avec les hirondelles !

Pour Du Vivier de Streel.

LA gorge ardente du relent
Amer de l'ivresse passée,
Droit devant moi — tête baissée —
J'ai marché d'un pas lourd et lent.

Sans un regard derrière moi
Sur la ville qui fut témoin,
Et pâle de pâleur mauvaise,
Vers l'oubli qui seul tout apaise
J'ai fui le cœur honteux de soi,
Droit devant moi, bien loin, bien loin !

Les Illusions

A Madame Alfred Douxchamps.

Vers le soir, quand la plaine immense est empourprée
Par le soleil mourant, parfois un colibri
Voltige encore avec son aile diaprée
Et si frêle, bien loin des forêts, sans abri.

Il volète au hasard, vers la lueur dorée,
Insoucieux du vent qui lentement surgit.
— Soudain l'ombre s'étend, la tempête effarée
S'enfle, menace, éclate et, terrible, rugit.

Dans la tourmente horrible elle emporte l'oiseau,
L'écrase sur le sol et ne fait qu'un lambeau
Roulé par tous les vents des plumes irisées.

Hélas ! tel est le sort de ces illusions
Que dans le fond du cœur, très doux, nous caressions
Et que la vie, impitoyable, a dispersées !

Hic desperatus

Pour Eugène Basquin.

Silencieux je rêve alors que tout sommeille,
Dans une allée ombreuse où seul un oiseau veille
Pour bercer de ses chants ma longue rêverie,
Une douceur s'épand en mon âme meurtrie
En écoutant la voix se perdre dans la nuit,
Et mon cœur désolé chante et pleure avec lui.

Comme une harpe éolienne
Pendue aux branches d'un chêne
Chante sous la douce haleine
De la brise aérienne,
Tels à ces divins accents
Vibrent mon âme et mes sens !

Je ne puis me soustraire à la mélancolie
De ce chant qui se perd comme la poésie
Dans le profond repos de toute la nature,
A peine si la source ose de son murmure
Accompagner la voix, et le bruissement
Des feuilles agitées aide au recueillement.

Alors devant mes yeux à demi-clos une ombre
Apparaît virginale en son vêtement sombre,
Pâle elle me sourit et je crois voir encore
Dans son regard éteint le blond reflet d'aurore
Qui me noyait le cœur lorsque j'avais vingt ans
Et que j'allais chantant les fleurs et le printemps !

Hélas, dans un linceul elle est là qui repose,
Elle a voulu qu'on mît dans sa tombe une rose
Qui fût un souvenir de son amour brisé,
Et c'est moi qui l'ai mise avec un long baiser :
Mais quand on eût cloué le lugubre cercueil,
Mon cœur a pour toujours pris l'immuable deuil !

Les Funérailles

Il fait froid—Le brouillard pénètre jusqu'aux moëlles.
Il pleut — On n'entend rien que le cri des corbeaux ;
Dans la plaine on perçoit des femmes aux longs voiles,
Pèlerins qui s'en vont de caveaux en caveaux.

Puis le soir se fait nuit sans qu'il y ait d'étoiles
Au ciel noir — Sur les morts pèse un morne repos ;
Seul, j'évoque ces corps rigides dans leurs toiles
Et je cherche à voler leur secret aux tombeaux !

Mais je tombe, abattu, la face contre terre,
Ecrasé par le sombre et douloureux mystère
Qui plane sur les morts livides qui sont là.

Et le Doute implacable affole ma pensée :
S'il faut croire à la vie où la vie est brisée
C'est folie ! Et pourtant — qu'y a-t-il au delà ?

VII

Encore une fois je tournai la tête, je ne vous vis plus,
je ne vous ai plus revue.

E.-M. DE VOGÜÉ.

Hymne a la Solitude

Pour Fernand Payen.

Puisque mentent toujours promesses et serments,
Que malgré ses efforts et son temps et sa peine,
Jamais nul n'a trouvé la compagne sereine
Qu'il implorait, qu'il attendait, à tous moments,
Puisque le cœur est saoûl jusqu'à la lassitude
De ces essais d'amour toujours désabusé,
Puisque ce rêve est fou, cet espoir insensé,
Jeune homme, élève-toi jusqu'à la Solitude !

J'ai cherché trop longtemps un cœur qui me comprenne
Et qui m'aime ! Je suis allé, pauvre amoureux,
Glaner des baisers faux, mornes ou doucereux,
Et j'ai traîné mon rêve où notre corps se traîne,
Que j'ai souffert de ces amours sans lendemain !
J'ai marché dans la vie avec inquiétude,
Implorant l'âme-sœur et la cherchant en vain,
Je n'ai trouvé la paix que dans la Solitude !

O ma petite chambre, ô mes livres aimés,
O ma Bible, fidèle amie, ô lampe chère,
Après un long voyage au pays de misère,
Enfin je vous reviens, meubles accoutumés,
Et votre accueil se fait plein de mansuétude,
Il semble que je sois un ancien ami
Pour qui les doux portraits s'éveillent à demi....
Mais me garderas-tu paisible Solitude ?

VIII

Que faudrait-il à ce cœur qui s'obstine,
Cœur sans souci ah, qui le ferait battre ?
Il lui faudrait la reine Cléopâtre,
Il lui faudrait Hélie et Mélusine,
Et celle-là nommée Aglaure et celle
Que le Soudan emporte en sa nacelle.

JEAN MORÉAS.

Epilogue symbolique

Pour Charles Droulers.

Comme Siegfried ou Parsifal,
Pour conquérir le Saint-Ciboire,
Vers un Mont Salvat illusoire
J'ai marché d'un pas triomphal.

Pour parvenir au temple incertain de mon rêve,
Dans la forêt hantée où bruissaient des voix
Qui chuchotaient dans le silence : « Espère et Crois »,
Le cœur joyeux, j'ai chevauché, seul et sans trêve.

Or le cœur bondissant d'une joie éphémère,
Enfin sur le sommet des monts illuminés
J'ai vu le temple où les poètes prosternés
Dressent pour ostensoir l'éternelle Chimère !

Des cierges brasillaient dans leur gaîne de cuivre,
L'encens montait jusqu'aux volutes des arceaux
Et sur le front des saints perdus dans les vitraux,
Par moments il tremblait des couronnes de givre.

Le tabernacle étincelait hors du retable
Et sur les marches de l'autel inviolé,
Un prêtre énigmatique en robe d'or filé
Tendait les bras vers la Chimère impitoyable !

*
* *

C'était un Paradis irréel, insensé,
Mais où le fier poète évadé de la vie,
Du moins pouvait aimer de douces Ophélie
Des Salammbô, des Cléopâtre et des Circé !

C'est là que je t'aimai pour la première fois.
Vierge, tu t'avançais en ta tunique blanche,
Tes cheveux blonds nimbés de candide pervenche
Et le lys symbolique entre tes frêles doigts :

Les orgues sanglotaient la prière d'Elsa,
Tandis que tes yeux bleus cherchaient, dans la pénombre,
Le Lohengrin, éblouissant, surgi de l'ombre
Pour t'emporter vers les splendeurs du Walhala !

J'étais ce Lohengrin et te tendis la main.
Un mystique baiser scella nos accordailles,
Et seuls, dans la langueur du chant des fiançailles,
Nous prîmes notre essor vers un ciel surhumain !

*
* *

Ma chapelle aujourd'hui n'est plus qu'un cimetière
Où sont ensevelis mes rêves les plus beaux,
Le sol où tu marchais s'est pavé de tombeaux
Et j'ai prié sur eux ma dernière prière.

Plus rien n'est demeuré de ce temple mystique,
Les cierges se sont clos, l'autel s'est écroulé,
L'encens ne monte plus vers le chœur constellé
Et la mousse envahit les dalles du portique.

Ta pure vision repose inanimée,
La robe virginale a servi de linceul,
Et ton cher souvenir me laisse triste et seul
Dans ce cloître où jadis je t'avais tant aimée !

Dans les bénitiers morts les oiseaux viennent boire,
Les statuettes d'or gisent sur le parvis,
Le Doute a dispersé mes prêtres en surplis,
Et le temple du Rêve est veuf de St-Ciboire.

        Cependant comme Parsifal,
        Vers un grâl d'amour et de rêve,
        Je chevauchais sans peur ni trêve,
        Chantant un hymne triomphal !

Avril 1893.

TABLE DES MATIÈRES

ANNONAY. — IMP. J. ROYER.

www.ingramcontent.com/pod-product-compliance
Ingram Content Group UK Ltd.
Pitfield, Milton Keynes, MK11 3LW, UK
UKHW020018100726
13658UKWH00002B/967